我的爸爸叫焦尼

[瑞典]波·R·汉伯格 ／文

[瑞典]爱娃·艾瑞克松 ／图

彭懿 ／译

湖北美术出版社

图书在版编目（CIP）数据

我的爸爸叫焦尼/[瑞典]波·R·汉伯格文;[瑞典]爱娃·艾瑞克松图;彭懿译.—武汉:
湖北美术出版社,2007.8
（海豚绘本花园系列）（16091389）
ISBN 978-7-5394-2143-8

Ⅰ.我… Ⅱ.①波… ②爱… ③彭… Ⅲ.动画:连环画—作品—瑞典—现代 Ⅳ.J238.7

中国版本图书馆 CIP 数据核字（2007）第 109973 号
著作权登记号:图字 17-2007-030

我的爸爸叫焦尼

[瑞典]波·R·汉伯格/文　[瑞典]爱娃·艾瑞克松/图
彭　懿/译　责任编辑/余　杉　安　宁
美术编辑/王　超　装帧设计/王　中
出版发行/湖北美术出版社
经销/全国新华书店
印刷/广东九州阳光传媒股份有限公司印务分公司
开本/787×1092　1/16　2 印张
版次/2012 年 5 月第 2 版第 3 次印刷
书号/ISBN 978-7-5394-2143-8
定价/10.00 元

En dag med Johnny

Copyright © 2002 by Bo R. Holmberg, text and Eva Eriksson, illustrations.
Simplified Chinese edition© 2007 Dolphin Media Hubei Co., Ltd
First published by ALFABETA BOKFöRLAG
本书经瑞典 Alfabeta 出版社授权,由湖北美术出版社独家出版发行。
版权所有,侵权必究。

策　划/海豚传媒股份有限公司　网　址/www.dolphinmedia.cn　邮　箱/dolphinmedia@vip.163.com
咨询热线/027-87398305　销售热线/027-87396822
海豚传媒常年法律顾问/湖北立丰律师事务所　王清博士　邮　箱/wangq007-65@sina.com

　　火车就要来了，爸爸坐的火车……

　　秋天开始的时候，我和妈妈搬到了这座小城。从那以后，我一直都没有见到过爸爸。不过，今天我可以和爸爸在一起过一天。

　　"你听到了吗，狄姆？焦尼到来之前，你呆在这里不要动！"妈妈说完，把我留在站台上就走了。

　　我的名字叫狄姆，爸爸叫焦尼。

　　火车终于来了，它"唉——"地发出一声好像叹气的声音，"咣当"一下停了下来。是不是从很远的地方跑来，累坏了呢？

　　车门"吱——"的一声吐了口气，慢慢地打开了。

　　啊，爸爸！不过，我按照妈妈说的，站在站台上一动也没动。

于是，爸爸奔了过来，一把就把我给抱了起来。
"啊哈，狄姆！我总算来了，我好想见你。今天，我们两个人干什么呢？"
这还用问吗？放心，我知道。做爸爸和我想做的事就行了呗。

　　一出车站，就有一家卖热狗的小店。我刚一停
下，爸爸就叫道："给我两份热狗！"
　　"我只要番茄酱，不要芥末酱。"我连忙补充说。

然后,我们两个人大口大口地吃起了热狗,爸爸很快就吃完了。
我用手指着爸爸,告诉热狗店的阿姨:
"这是我爸爸,他叫焦尼。"

我们到了电影院,这里正在放映动画片。
"你不是很喜欢动画片吗?"爸爸问。
我使劲儿地点了点头。

在检票口，一位留着胡子的伯伯把两张票合在一起撕了。
"这是我爸爸！我们一起看电影！"我告诉伯伯。

电影院里面虽然黑黑的,却非常暖和,舒服极了。

爸爸在不时地发笑,因为他的喉头在颤抖,所以我知道。

电影放完了,灯一亮,爸爸就"咚"地拍了一下我的肩膀,说:"走,去吃比萨饼吧!"

餐馆的名字叫"桑达娜",店员哥哥和我住在同一座公寓楼。

哥哥一看到我,就叫了一声:"喂,这不是狄姆吗?"

"唔,今天我和爸爸在一起,他叫焦尼!"我把胸脯挺得直直的。

我要了橘子汁和比萨饼,爸爸要了啤酒和比萨卷。
比萨卷是一种用皮卷着馅吃的比萨饼。
啤酒在咕噜咕噜地冒泡。

　　我把比萨饼的圆边都剩在了盘子里。爸爸却吃得干干净净，啤酒也全都喝光了。

　　"味道好极了！"看见爸爸一边擦嘴，一边掏钱包，我就用店里所有人都能听到的声音叫了起来："我爸爸要付钱啦！"

走到外面，天已经有点黑了。爸爸看了一眼手表。

到了晚上，爸爸就要回去了。

不过，不是马上就走，还有时间。

去图书馆吧！

我们并排坐在图书馆的椅子上，爸爸翻起了杂志。
我呢，我把书放在膝盖上，心里想：
现在几点了呢？要是时间能停下来就好了。
火车要是不开就好了。

　　我慢吞吞地站起来,朝借书的地方走去。爸爸也跟了过来。
扎着马尾辫,戴着一副大眼镜的库妮拉坐在借书的地方。
她是常常到幼儿园来给我们讲故事的大姐姐。
　　"今天我是和爸爸一起来的,他叫焦尼。不过,借书的是我,
不是爸爸。"我一边用手指着爸爸,一边说。库妮拉笑了起来。

抱着书走出图书馆,爸爸说:"回家之前,我们一起喝点什么吧!"
商店街的一角有一家咖啡馆。
爸爸为了让我看清货架里的东西,把我抱了起来。
付钱的时候,他也紧紧地抱着我。
我要了苹果汁和小蛋糕,爸爸要了咖啡和肉松面包。
"把我放下来吧!"我说,爸爸这才把手松开。

爸爸喝完咖啡，时间终于到了。

在往车站走的路上，我一直握着爸爸的手。
爸爸的手好大好大，能把我的手整个包住。
"爸爸的手真大呀。"我嘟哝道。

到了站台上，我对爸爸说："我要在这儿等着妈妈来接我。"
爸爸看了一下车票："没事，还有两三分钟呢！"
说完，就抱起我上了火车。

　　火车里已经坐了好多人。有的人在往行李架上放箱子，有的人在挂大衣，还有一位老爷爷正要脱鞋。

　　爸爸找到自己的座位，突然大声叫道："大家听一下好吗？"

　　众人都停了下来，回头望着爸爸。

　　脱掉了鞋子的老爷爷也愣住了，就那么穿着袜子站在那里。

　　爸爸伸出一只手，大声地继续说：

　　"这孩子，是我的儿子。最好的儿子。他叫狄姆！"

然后，爸爸抱着我下到了站台上。

他让我站直，揉了揉眼睛："再见，狄姆！马上还
会见面的。妈妈到来之前，你在这儿等着别动。"

说完，就急急忙忙回到了火车上。

火车开了。
看到车窗里的爸爸了。
爸爸在挥手。
我也使劲儿地挥手。
爸爸的手渐渐地小了下去。

我一直挥着手。按照爸爸说的那样，一直待在站台上。
另外一只手，拿着从图书馆借来的那本书。
"我在冲爸爸挥手，我在送爸爸呢！我的爸爸叫焦尼！"
我告诉从我身边经过的一位叔叔说，他看着我，点了点头。

　　火车很快就看不见了。但是从铁轨上还传来了轻轻
震动的声音。
　　铁轨很长、很长，一直通往爸爸住的城市……
　　所以，火车一定还会回来吧?
　　载着我最喜欢的爸爸——爸爸叫焦尼。

火车一定还会回来！

徐榕（资深童书编辑、幼儿心理研究专家）

一直以来，成人都习惯并娴熟于向孩子呈现生活的灿烂和甜美——完整的家庭，双亲的爱抚。而离婚、单亲家庭、骨肉分离，这些似乎很难作为儿童图画书的题材。如果驾驭不好，极易让负面、消极的东西刺痛孩子稚嫩纯洁的心灵。而图画书《我的爸爸叫焦尼》，却把一个消极的生活事件呈现得那样细腻、美好和充满希望，触动了每个人内心深处最柔软的地方。

这是一个叫狄姆的小男孩讲述的故事：

站台上，狄姆期待地望着远方，一动也不动。终于，火车拉着狄姆日夜思念的爸爸来了。

这一天，狄姆和爸爸一起买热狗，一起看电影，一起吃比萨，一起在图书馆读书，一起喝咖啡……于是，狄姆知道了爸爸想念他爱他。

这一天，爸爸把狄姆举得高高的，爸爸拍了狄姆的肩膀，爸爸抱了狄姆，爸爸的大手一直牵着狄姆的小手……于是，爸爸知道了狄姆想念他爱他。

这一天，狄姆告诉每个人："这是我的爸爸，我的爸爸叫焦尼。"爸爸也告诉每个人："这是我的儿子，最好的儿子，我的儿子叫狄姆。"总之，所有的人都知道，狄姆和爸爸很要好。

多么令人企盼的一天啊！因为爸爸和妈妈离婚了，爸爸住在另外一个城市，狄姆不能天天和爸爸见面。

多么幸福的一天啊！因为狄姆和爸爸在一起，"做爸爸和我想做的事。"因为人人都看到狄姆和爸爸在一起，人人都认识了狄姆的爸爸焦尼。

多么短暂的一天啊！"要是时间能停下来就好了。"铁轨很长，就像狄姆对爸爸的思念，一直通到爸爸住的城市。

终于，火车载着狄姆依依不舍的爸爸走了。站台上，狄姆期待地望着远方，一动也不动。

在这个故事里，没有悲伤也没有眼泪。也许，生活不能事事如意时时顺心。也许，在希望和实现希望之间，总会有阻滞。但是，只要拥有爱，只要沉着不退缩，就会有勇气、有力量、有安全感。

在这个故事里，没有埋怨也没有责备。什么是亲情？亲情是敏感、理解、关爱与支持。婚姻虽然破裂，但挚爱亲情永远无法割断。家庭虽然破碎，但每个人都需要维护自尊、自信和对未来的信念。

除了亲情，我们还可以在故事中读到更多。人生不如意十之八九，"不如意"是生活的常态。离别、思念、忧伤、烦恼、无奈，都是成长的一部分，也是每个人需要面对、经历和跨越的"坎"。在变化的环境中，如何调整到平衡、适应的状态？如何现实地思考、有效地解决问题？发掘内在的积极性是最好的方法，也是对自己最好的奖赏。狄姆和焦尼能够做到，读这本图画书的孩子和大人也一定能够做到，不管发生什么，生活总要继续。

故事的叙述委婉细腻，丝丝入扣，每一句话都好像从狄姆心里流出，率真而自然。没有出现"离婚"的字眼，也是为了照顾狄姆的感受。读着读着，不觉喜欢上这个和爸爸有着一样的小眼睛、倒挂眉的男孩；读着读着，不觉为他流泪、为他牵肠挂肚。要不是最后看到狄姆和妈妈互相依偎的背影，一定会为独自待在车站的小狄姆而担心。

无论是绘画技巧的运用，还是色彩、意境的渲染，都伴随着读者的心路历程，在书中完美展现。灰蓝色的画面为主色调，衬托了故事中无奈的情感主线，凄美而迷离。爸爸的橙色围巾是一抹亮丽，在每一幅画面里闪耀、跳动，象征着父子之间无法割舍的浓浓亲情，温暖而明媚。在这样的画面里，怎能不叫人感动！

原来，人生的意义在图画书里，早就写好了答案。原来，图画书里的故事作用于个人经历和个性，会引发关于人生意义的重新思考。因此，在《我的爸爸叫焦尼》里，每个人都能找到自己。

读完这个故事，焦尼的话一直在脑海里萦绕："马上会再见面的。"所以，火车一定还会回来，载着狄姆最喜欢的爸爸——焦尼。